산의 마음

황금알 시인선 162

산의 마음

초판발행일 | 2017년 11월 30일
2쇄 발행일 | 2017년 12월 21일

지은이 | 이종성
펴낸곳 | 도서출판 황금알
펴낸이 | 金永馥
선정위원 | 김영승 · 마종기 · 유안진 · 이수익
주간 | 김영탁
편집실장 | 조경숙
표지디자인 | 칼라박스
주소 | 03088 서울시 종로구 이화장2길 29-3, 104호(동숭동)
물류센타(직송 · 반품) | 100-272 서울시 중구 필동2가 124-6 1F
전화 | 02)2275-9171
팩스 | 02)2275-9172
이메일 | tibet21@hanmail.net
홈페이지 | http://goldegg21.com
출판등록 | 2003년 03월 26일(제300-2003-230호)

©2017 이종성 & Gold Egg Publishing Company Printed in Korea

값은 뒤표지에 있습니다.

ISBN 979-11-86547-81-6-03810

산의 마음

이종성 시집

황금알

걸음이 길이다. 즉자며 대자다. 대상과 세계를 지향하지만 항상 자신을 향한다. 걸음의 궁극은 나 자신이며, 나의 궁극은 산이다. 나의 고독과 침묵과 사유들이 늘 산을 세계로 삼는 까닭이다.

산은 깊이다. 높이는 깊이가 세운 전망이며, 외연은 성찰의 결과다. 나무 한 그루, 풀꽃 한 포기, 거대한 바위 그 어느 것도 자신을 성찰하며 명상에 들지 않는 것은 없다. 고요를 잃고, 시비를 따지며 분별을 내는 순간 산은 존재를 팽개쳐버리고 의미를 뭉개버린다.

나의 길은 모두 내게로 가는 길이다. 내가 나에게 이르지 않고 대상과 세계로 건너갈 묘리는 없다. 그 길, 일체의 거적때기를 벗어버리고 바다로 가는 물처럼 한 걸음도 생략할 수 없다. 그것이 저 허공일지라도.

가을

채송화 분꽃 씨앗 던지는
뜨락 풀벌레들 다듬이질 하고 있다

그 소리에 자꾸만 높아져
팽팽히 퍼지는 푸른 하늘

오늘 밤도 꽃씨 같은 별들
총총 돋겠다

곱게 나를 물들였던 이름들
눈물처럼 반짝이겠다

2017년 가을이 오는 날

청산聽山

차 례

1부 북한산 소나무

2부 인수봉

3부 귀때기청봉

4부 만경대의 하늘

1부

북한산 소나무

자일

바닥이 보이지 않는
천화대
천 길 낭떠러지 바위 끝에서
천명의 길이 되어
이 한 몸
기꺼이 받아주는
외줄기 사랑

백덕산 버들치

이 산에 온 후
외롭다고
산 아래로 내려간 적 없다

이 계곡에 와서
허기 지다고
어항에 들어간 본 적 없다

이 백덕白德의 물에 와서
끼니 찾아
흙탕물 뒤집어쓴 적 없다

우통수

눈물이 길을 잃을 때 찾아가는 샘 있다
오지에 숨겨져 길도 없는 그 산속 옹달샘
아름드리 전나무 뿌리들이 새벽을 열며
정결한 어둠을 만질 때 당도하는 수정 같은 샘 있다
언제나 제 눈보다 높은 정신의 정수리
언제나 제 가슴보다 깊은 고독의 심처에서
발원하여 첫새벽의 빛줄기로 나서는 샘물 있다
눈물이 지도를 잃고 자꾸만 밖으로 넘칠 때
맨발로 만나는 눈물보다 깊은 샘 있다
세상 향하여 나선 발걸음이 큰 강의 시원이 되는
샘 있다, 내가 잃어버린 그 샘 있다

북한산 소나무

북한산이 내 집이다
삐뚤어졌어도 끝까지 바라봐 주는
이 산이 있어 산다
불화하던 세상과 화해하고 산다
고독 하나로 버티며 산만 바라보던
고집불통이 은애하며 사는
사랑을 이 산에서 배웠다
누군가의 마음을 적시는 눈물을 지닌
한 인간임을 알게 해주었다
아프고 서럽고 서글퍼도
아침의 태양처럼 눈부신 희망이
내게 있다는 걸 이 산이 가르쳐주었다
지리멸렬했던 존재를 산정의 세계로
이끌어주었다
여전히 이 산이 집이다, 흙이 되고
바람이 되어도 북한산이 집이다

절벽

아무도 몰래
와르르
때로는 꽈르르 꽝꽝
벼락을 치며
제 몸의 한쪽을
무너뜨린다
누군가 오른
길의 흔적들을 멀리
벼랑으로
던져버린다

돌의 겨울

얼음물 속에 들어앉은
침묵의 이마가 빛나는 돌들

저 불언不言에 걸려들어
옴짝달싹 못 하고 점점
팽팽해지고 있는 푸른 물

빗장을 열려고 들어왔던
긴 나무 그림자마저 붙잡힌
속수무책

산은 미동도 없는데, 다시
펄펄 춤추는 흰 눈

바위와 소나무

층층의 바위 벼랑
여기서는 아찔한 생사의 경계가 보인다
산 아래도 보이고
산 너머 저 먼 곳도 보인다

나무가 딛고 일어선 죽음의 단애
여기서는 삶의 비밀들이 보인다
비밀을 풀어낸 흔적들이 보이고
비밀을 감춘 암호들이 보인다

기암절벽, 나무가 뛰어넘은 시간의 저쪽
바람의 경로가 보인다
천 갈래 만 갈래 바람이 만든
생사의 미로들이 보인다

하나만 살짝 기울어도 와장창 굴러떨어지고 말
저 오묘한 움직임, 저 기가 막힌 부동
불이不二이나 불일不一인 저 육체
불일不一이나 불이不二인 저 정신

나무는 한때 바위를 불신했었다
바위는 한때 나무를 배척했었다
바위가 벼랑이 되기 전에는
소나무가 정신이 되기 전에는

산돌배

삶이 척박함을 아는
산돌배나무는 저 아래 배밭으로 내려가지 않는다
억척스럽게 일군 돌처럼 단단한
생에서는 분 냄새가 나지 않는다
한겨울 산간오지의 적설을 털고 난
낭창한 고요의 가지 끝에서야 꽃봉오리 맺는다
달빛이 이슬에 빠지는 날을 기다려
꽃잎을 여는 순간 통천하는 흰 꽃의 향기에
달마저 현기증에 그만 발을 헛딛고 만다
열매를 만들지 않는 나무는 죄가 아니어도
무성한 잎사귀 속으로 칩거한 후로는
아무에게도 얼굴을 보여주지 않는다
한여름 밤의 폭우와 쏟아지는 불볕들
혼자서 이겨낸 시간의 끝에서
다 익은 열매들을 툭 툭 지상에 던진다
폭염에 머뭇거리던 가을은 그 소리에 놀라
숲 속 오지를 황급히 빠져나온다
보라, 생채기를 봉합하느라 울퉁불퉁해진 산돌배들
향기 속에서 수천 마리의 나비들이 날아오르고

꽃비 다시 내리며 돌마저 눈뜬다
산은 첩첩 높아지고 골짝은 쑥 깊어진다

나는 지리산을

처음 길을 연 누군가 그랬듯
나 또한 걸어서 오르리라
몇 번을 더 말해야 하는가
얼마나 더 크게 말해야 하는가
나는 내 발로 지리산을 오르고 싶다
사철 피고 지는 꽃들이 걸어서 올랐듯
나는 배낭을 메고 땀 흘리며
땀도 씻고, 눈물도 흘리며, 눈물도 씻고,
어느 행자가 지나쳐 간 푸른 소에
내 정신도 헹구고,
넘어지는 비탈에서 상처도 돌보며
참꽃 동자꽃 산오이풀 기다리는 산길에서
오래된 그리움을 두고두고 만나고 싶다
나는 두 발로 오르고 싶다
밤하늘 찬란히 빛나는 별들도
걸어서 올랐듯
나는 등짐을 메고 아픔도 태연한 척
오율오율 내 발로 오르고 싶다
얼마를 더 말해야 하는가

나, 하나의 쑥부쟁이가 될지라도
내 발로 걸어서 지리산을 오르고 싶다
통천문 지나 통천의 그날까지

쑥부쟁이

꽃들 다 진 지리산 천왕봉

이미 뼛속까지 겨울인
바위에 홀로 남은
보랏빛 꽃송이

꽃들은 아무도 대피소로 가지 않는다

가내소폭포

주저주저할 때
폭포는 절벽 끝에서 더욱 맹렬해진다
벼랑이 높을수록 가슴은 쿵쾅거리고
절망은 마침내 절창이 된다
운명을 걸어서 제 운명의 단애를
박차고 나오는 저 힘찬 물보라 후련한 탄성이 된다
슬픔은 찬란한 빛이 되고
끝까지 삼킨 울음은 노래가 되어 골짝을 울린다
누가 저 아찔한 죽음의 높이를
거듭난 신생의 삶으로 바꾸어
일시에 바닥까지 쳐내는
검푸른 수심의 깊이로 치환해내는가
폭포 앞에서는 섣불리 자를 들지 마라
측정을 거부하는 저 폭포는
그 순간 단박에
손목을 후려치는 칼이 된다

목탁새

똑 또르르 똑 또르르
듣기만 해도 어느 스님의 목탁소리인지
대번에 아는 저 새는
이 나무 저 나무 옮겨 다니며
똑 또르르르 똑 또르르르
이 스님 저 스님의 목탁소리를 낸다
해인사 장경판전 뒷산 가야산 숲에서
천이백 년 안거를 풀고도 나오지 않는
마애불처럼 끝내 모습을 감추고
딱 따그르르 딱 따그르르
진종일 부리를 벼리고 벼린다
어느 스님의 목탁소리가 되어야
팔만대장경 그 한 줄 바위에 새길 수 있는
금강의 부리가 되는지 가늠해보며
딱 다그르르르 딱 다그르르
목탁소리 일일이 되뇌어 본다
그 소리에 나무들의 뼈가 단단해지고
하늘의 별들 무섭도록 총총해지는 줄도
까맣게 모르는 저 새

민초샘

꽝꽝 언 세상 얼지 않는 샘물이다
흘러서 부족함을 채우고
넘침을 수시로 경계하여 흐를 뿐이다
다시 눈 내리고 날 저무는 산속
아직은 내려가야 할 산길이 멀다
또 내가 가야 할 길이 몇백 리 더 남았다
가난하지만 자족하므로 넉넉한
마음 하나 갖고 세상으로 간다
산정에서 보았던 그 바다를 향하여
저녁놀에 불타던 강물 소리 들으며
더 낮게 낮게 낮은 곳 찾아간다

환상방황 環狀彷徨

웅장한 산줄기 장엄한 눈발
사위는 금세 눈보라로 흐려지고
자취 없이 사라지는 길들
아예 무너져 내리는 하늘은 땅을 덮어
파묻히는 나무와 산봉우리들
가도 가도 눈조차 뜰 수 없는 눈 눈
이내 끊어지고 막힌다

몸에 밴 길의 관성이 걸음을 재촉한다
내 몸만이 유일한 기표요 몸이 기억하는 방향으로
흐릿한 의식의 흔들리는 나침반을 앞세워
묻힌 길 찾아 어둠으로 가는 눈 속의 잠행
그래 나는 잘 가고 있는 거야
목표점을 떠올리며 아무리 걸어도 빙빙
빙빙 돌아 되돌아오는 출발점
더는 앞으로 나아갈 수가 없다

허기와 추위 속에 구겨진 지도를 편다
머릿속에 기억된 지형도와 겹쳐보며

나침반을 올려놓고 동서남북 방위를 맞춰본다
끝내 정치 되지 않고 자꾸만 젖어가는 지도
이미 길들은 눈 속에 묻혔고,
모든 표식들 사라진 눈과 어둠 속
어디쯤에서 길을 잃어버린 것일까

지금 갇혀 있는 여기는 어디인가?
어느 길이 이토록 탈진으로 몰아가고
처음으로 되돌려 놓는가
그 무엇이 나를 세워
탐조의 잠망경 내리고 귀 열라 하는가

산등성이 등 구부려 바람을 막아주는 곳
침낭 펴고 들어가 바들바들 떨리는 몸 웅크린 채
무너지는 하늘에 바짝 귀를 댄다

네 짊어진 등짐은 마땅하였다
네 지고 온 등짐 풀어 스스로 너를 구하였듯
그것이 너로 하여 새 길이 되고 구원이 되리라

너를 파묻는 하늘의 말씀, 눈 무덤 열고 나가면
길 잃은 그 자리가 너의 첫걸음이 되리라

누군가 귀에 심어주는 듯한 환청 같은 소리들
간밤의 꿈이었을까? 눈 무덤 파하고 나온 새벽
겨울 바닷물에 몸 씻은 태백성이 태양을 맞이하는 순간
삼라만상이 깨어나 올리는 기도와 감사로
붉게 물드는 하늘과 바다
오! 나는 다시 눈뜨는 여명에 와 있었어라
어제까지의 오래된 기의를 덮어버리고
하얗게 빛나는 자국 없는 저 지상의 새로운 기표들
순정한 빛이 시리도록 아프게 눈을 찌른다

대피소는 언덕 아래 있었다
사람은 없고 오래된 침묵의 거울 하나 걸려 있다
내 몸은 아무리 보아도 완벽한 대칭
아니었다. 한쪽이 무거웠고, 길이가 같은 다리
아니었다. 한쪽이 짧았고, 산과 바다로 가는 같은 바퀴
아니었다. 한쪽이 편 마모된 사고와 지식

지금까지 달려온 길들이 한쪽으로 편향되어
제 방향을 잃었던 것이다
자력을 잃은 나침반과 오래된 지도를 믿고
그만 심설에 갇힌 눈과 어둠의 카오스
나는 한 발자국도 나아갈 수 없었다

좌표를 잃고 불시에 맞닥뜨린
고산의 눈보라, 심설 속에 유폐된
길 아닌 길, 집 없는 집에서의 겨울산행이
지금까지 걸어온 모든 길에서의 링반데룽*
세상의 그 환상방황을 끝내고
나는 다시 내 안의 절망을 희망으로 예인하는
눈 덮인 고산의 정점을 향한다
젖고 얼은 만큼 더 무거워진 배낭
함부로 등짐을 벗으려 하지 마라
짐을 진 자는 제 무게만큼 자국을 깊이 새긴다

내려가는 길은 더욱 그러하였다

* 짙은 안개나 폭풍우, 폭설 등을 만났을 때나 밤에 방향 감각을 잃고 같은
  지점을 계속 맴돌아 조난에 빠지는 현상(Ringwanderung)으로 환상방황
  이라 함.

구상나무 숲

첫새벽 빙하기를 건너던
구상나무들의 맨발이 보인다

내가 너에게로 건너가던
생애 최초의 그 첫 마음이 보인다

황금빛 햇살 쏟아져 내리는
눈 덮인 한라산의 이 아침

이정표

외발로 서서도
끝까지 버리지 않는다

의심의 여지가 없는
확고한 방향이다

발목이 썩어도
바뀌지 않는 신념

2부

인수봉

토왕성폭포

은하의 둑이 터져 쏟아지고 있는 별들
천 척 흰 강을 이루어 하늘에서 떨어지고 있네

천상의 선녀가 강물에 적신 스무 필 비단
칠성봉 바위에 걸어놓고 까맣게 잊었네

나무꾼은 지게를 버리고 흔적도 없는데
별을 따던 소년이 혼자서 지키고 있네

불음佛音

저 희고 흰 불두화 꽃 피우는 묵언이요
사백 년 향나무에서 번지는 푸른 향기다
몸 낮춰 알 품는 꾀꼬리 금빛 정적이자
삼층석탑이 듣는 이 산 저 산 숨소리다
꽃에서 꽃으로 옮기는 바람의 걸음이며
산속의 열매가 익어가며 풍기는 향미다
눈물샘의 눈물 물들이는 화엄의 놀이고
뭇별들 밤마다 깨우는 드맑은 종소리요
상운동천 하늘에 선방을 차린 만월이다

인수봉

지금은 눈과 얼음을 둘러
일체의 소란을 문 닫아건 빛나는 성채,
아무도 없는 저 성에 가본 적 있다
수 백길 낭떠러지를 세운 명상의 첨탑에서 세상은 멀
리 열렸고,
망루의 종은 울려 새들은 높이 솟았다

말은 꺼내지 않을수록 들리는 소리가 깊었다
성주는 스스로였으나 누구의 자리도 아니었다
한순간에 모든 것을 맡겨야 하는 저 아슬아슬한 벼랑
에서
목숨의 고리에 길을 거는 손들이 은빛으로 반짝였다
조심스럽게 뒤로 물러감은 신 앞의 몸이었다

나를 걷지 않고는 저 봉우리에 닿을 수가 없다
여기, 죽어서도 산을 떠나지 않고 바라보는 영혼의 산
바라기들
내 가슴에는 일찍이 그들이 새겨두었던 말이 있다
산에서 난 자는 산이 되어 산으로 돌아간다

그것만이 죽음을 넘어 자신에게 이르는 것이다

걸음만이 결국 내가 나에게 도착할 수 있는 유일한 길
이었다

우정고개 가는 길

폭우 때마다 급류로 변하는 임도
실어온 돌 더미들 대책 없이 부려놓고
할퀴고 간 흔적들, 돌밭은
어느 한 곳도 마음 놓고 발 딛기 어렵다
아마도, 어머니의 길이 이러하였으리라
빗방울 후둑거리다가도
달덩이가 뜨는 밤을 나는 걷고 있지만
칠흑 같은 고개를 어떻게 넘으셨을까
혹여 그 자국들 있을지 몰라
랜턴 불빛에 바라보는 돌의 발뒤꿈치들
오래된 피멍처럼 검다
갈수록 어깨를 파고드는 무게
등에 업힌 나를 그렇게 하셨듯
배낭을 추스르며 된비알을 오른다
떨어뜨린 낙석들이 크게 어둠을 쳐
불꽃을 만드는 이 돌길

어비계곡

인적이 드문 상류
은빛 물고기들 폭염을 즐기고 있다
내가 세상에서 한 나무가 되길 꿈꾸는 동안
아주 오래전 입산한 물푸레나무, 다래나무
빽빽한 나무들이 하늘에 차양을 치고
갈대와 물봉선이 실꾸리 사리듯 슬며시
길을 감춰버린 곳,
애벌레 한 마리도 질긴 껍질을 벗고
본디로 돌아간 원시의 세계는 모든 것이 길 밖에 있다
지금, 길 밖으로 나온 사내 둘이
옷을 벗고, 얼굴을 벗고, 시간을 벗고는
발을 담근 서어나무 탄탄한 근육이 불거지는
시린 계곡물에 몇을 감고 햇볕을 쬐며
바위취 한 포기 꽃을 피우는
묵언의 바위가 되어 적막을 숨 쉬고 있다
물을 박차고 올라 잠시 하늘을 날다
물속으로 떨어지는 비어들의 소리
한 번도 세상에 나온 적 없는
산머루 줄기 같은 푸른 문장들로 자라
하늘 향해 뻗는 이 심처

백운동白雲洞에서

언제나 청빈을 자처해도 푸른 산은 가난하지 않고
청묵淸默의 바위는 애써 닦지 않아도 희기만 하네
하심에 이른 물은 낮은 데로 길을 찾아 흐르고
아득히 높은 산은 흰 구름 속에서도 바다를 보네

메타세쿼이아 숲

외롭지 않은 나무가 있더냐
나무는 외로워서 숲으로 왔다
외로움이 외로움을 만나 숲이 되었다
울울하고 창창한 너른 집이 되었다
혼자서도 오고, 손잡고도 온다
더러는 집안 식구 한꺼번에 오기도 한다
어느 집이 이리도 편안하겠는가
앉고 눕고 기대고 어깨 들썩거려도
숲은 묵묵히 받아만 준다
아무것도 묻지 않는다, 아버지처럼
아무것도 말하지 않는다, 어머니처럼
언제고 왔다 가렴, 언제고 다녀가렴
숲에는 부모님의 그 말씀이 있다
지금의 내 외로움보다 저 나무들처럼
크고 높았던 외로움이 있다
화석처럼 가슴에만 지녔던 외로움이 있다
외로움을 베지 마라
외로움도 자라면 나무가 된다
자라서 숲이 되는 외로움이 있다

순두류 단풍

숲이 되어라
황벽나무, 단풍나무, 잎갈나무, 생강나무
나무란 나무들이 들어차
계곡 마르지 않는 진리의 숲이 되어라
먼저랄 것도 없이
때가 되면 아무도 흉내 내지 않고
자기만의 색깔을 내는 이 숲의 나무가 되어라

비처럼 내린 지혜가
제 몸을 적시고 남도 적시고
반짝반짝 투명하게 빛나는
고운 단풍의 나무가 되어라
세상의 어떤 나무와 섞여도 아름다운
분명한 제 빛깔 잃지 않는
나무가 되어라

누군들 이 숲에서 물들지 않으랴
당신은 내가 만난 가장 고운 나무
내가 당신께, 당신이 내게 보내는

눈빛마저 황홀하게 물드는 시간
열 번을 다시 이승에 와도 당신에게
곱게 물들어 이 세상 끝까지 흘러갈
순두류의 이 단풍길

일인분

아무도 없는 산속이다
손에 잘 잡히지도 않는
일인분의 쌀, 씻어 안친다
책을 읽는 사이 밥이 되는가 싶더니
한동안 뜸이 드는 소리,
뚜껑을 열자 뜨거운 김이 혹 끼쳐온다
차지게 지어진 일인분의 밥
내가 먹을 한 그릇의 밥이다
하나씩 둘씩 식탁에 둘러앉는
눈망울이 초롱초롱한 하늘의 별들
밥숟가락 소리가 들린다
오늘 밤 내가 감당해야 할
이 짙은 어둠 너머 멀리
저 고독한 세계가 보인다
누군가와 결코 나눌 수 없는
내 생에 등에 지고 온
일인분의 찬란한 슬픔이 빛난다

나무와 바람

여기 지금 내게 바람이 부는 것은
곧 저기 저 나무가 흔들리는 일이다
비로소 나무는 그렇게 저도 흔들려서
먼저 흔들렸던 나를 읽는다
그 흔들림이라는 것이 나의 몸짓임을 알아채고는
흔들렸던 나의 몸짓에 제 몸짓을 얹어
내게 또 그의 말을 전하는 일이다
바람이 지나고 나서도 나무가 오래 고요한 것은
내가 침묵했던 그 의미의 말들을
똑같이 오래 생각해보며 제 침묵을 더해
흔들리지 않고 내게 말을 전하는 일이다
누군가의 가슴에 귀를 대보는 것처럼
오늘도 나는 숨을 죽이고 나무에 귀를 대본다
나무가 미처, 혹은 차마 전하지 못하고
맴돌다 결 고운 무늬로 남은
가슴 바닥의 말들까지도 내 안으로 전이된다
둥근 파문을 일으킨다
나무는 모두 제 가슴에 제 말을 쌓고 산다
제 말로 숲의 고요를 해치지 않는다
마지막에서 가장 뜨거울 불꽃을 위해서도

대원사계곡

나를 벗어난 저 물
맑음을 벗어나고
깊이를 벗어나고
이미 어둠을 벗어나고 빛도 벗어난 저 물
다그르르 다그르르, 골짜기를 울리며
묶임도 없고 묶음도 없는 저 물
저 산의 높이를 알고
저 산의 침묵을 알고
이미 저 산의 구름과 저 산의 눈비를 읽은 저 물
언제나 홀로 저 산을 넘어와
언제나 홀로 저 산을 보내고
언제나 홀로 저 산을 들으며
언제나 먼저 푸른 소의 물고기를 풀어놓고
고요를 데리고 혼자서 가는 저 물
이미 저 산을 비우고
물속의 숲을 지나
봉우리와 봉우리를 내려놓고 가는 저 물
이미 저 하늘을 비우고
물속의 구름을 지나

언제나 먼저 구름 속의 새들을 풀어놓고
바람을 데리고 혼자서 가는 저 물
언제나 먼저 가야 할 바다를 읽고
언제나 먼저 그 바다의 해무를 보고
이미 거적때기를 벗어던진 달덩어리 닦고 닦는 저 물
다그르르 다그르르, 골짜기를 울리며
붙듦도 없고 붙들림도 없는 저 물
저 산의 깊이를 알고
저 산의 적요를 알고
불을 벗어난 저 물
물을 벗어난 저 물
나를 벗어난 저 물

겨울 숲

아무것도 가리지 않는
겨울 숲은 맑아서 좋더라
누구에게도 숨길 것 없어
흑막이 없는 겨울 숲은 한 번도
의심을 사지 않아서 좋더라
흐릿한 발자국을 지우고
누가 들고나는지 훤히 다 보여주는
눈 깊은 겨울 숲은 어느 때나
명징해서 더없이 좋더라
언제 보아도 능선 너머 푸르게
시야를 열어주는 겨울 숲이 좋더라
하늘까지 서슴없이 내려온 날
가슴 열어 이 한 몸 품어주는
희디흰 숲이 좋더라

누구나 한 켤레쯤 슬픔을 신고 있다

처음은 불편하고 아픈 것은 마찬가지

한번 신게 되면 크든 작든 벗기가 어렵다

넘어야 할 저 산, 넘어지지 않으려고 꽉 묶는다

그런데도 왜, 자꾸 풀리는 것일까?

묶고 나서 한 번 더 옭매듭을 한다

다시는 풀어지지 않겠지

언젠가 산 넘다 다쳐본 이들 배낭 내려놓은 채

쉼터에서 모두가 허리 숙이고,

풀어진 신발 끈 찬찬히 고쳐 매고 있다

제일동천십이별곡第一洞天十二別曲

제1곡 도봉동문道峯洞門

서원말 입구 동천 들어서면 연하 속에 세상 자취 없고
보랏빛 서린 흰 구름 위로 솟은 만장봉 절로 우러르네
말없이 금강의 도봉산을 떠나는 물의 걸음은 여여하고
행선지를 두지 않는 선승의 뒷모습이 아득히 멀어지네

바라보는 산봉우리 멧부리 모두 다 기암이요 묘석이며
어느 곳인들 가인과 선인이 즐기는 천석泉石이 아니리
백 번 들고나고 천 번 오르내려도 즐거움이 줄까마는
백발이 되어도 초수樵叟와 춘옹春翁 되긴 틀린 일이네

제2곡 가학루駕鶴樓

네모진 여섯 돌기둥 천 년 초석이요 대들보는 둔중하니
기둥과 하나 되어 능히 하늘을 받치고 서까래는 곧네
기왓골 골골이 녹음 흘러내리고 바닥은 빛을 발하는데
누가 꾸었던 선몽이 이리도 환한 꿈결로 곱게 남았나

십만 금 얻고, 학을 타고, 양주자사 되는 꿈을 꾸고자
그대 잠시 누우면 제일동천 선인 되어 구름을 타겠네
물 흐르듯 구름 흐르듯 흐른 시간 속에서 함께 흘러가
눈을 뜨면 그대는 피안의 언덕에 그새 도착해 있겠네

제3곡 용주담春珠潭

폭포가 찧어대는 진주알 물방울 방울방울 튀어 오르고
세상 밖으로 나간 적 없는 버들치가 밥으로 먹고 사네
지나가던 백운 자운 내려와 놀다 가던 곳 까맣게 잊고
바위에 오르던 등나무가 그만 꽃을 놓쳐 향기 자옥하네

손을 담그면 마음 안쪽 백 리 그늘에 꽃구름 피어나고
한 방울만 닿아도 발끝의 진흙이 죄다 말끔히 씻기네
오탁악세五濁惡世를 씻어낸 물소리에 느티나무 환하고
청단풍나무 잎마다 사는 햇살이 진종일 첨벙대며 노네

제4곡 필동암必東岩

물속에 들어온 빛은 꺾여도 물을 꿰뚫어 바닥을 비추고
낮은 데로 길을 찾아 흐르는 물은 만절을 두려워 않네
바위는 망치와 정을 맞아도 자길 지켜 굳은 바위 되고
제 고통을 경책 삼아 군자의 도를 묵묵히 이루고 마네

갈래갈래 다섯 갈래 쏟아지는 폭포수로 티끌 씻어내고
이 마음 저 마음 갈래갈래 만 갈래 갈래지는 마음 씻네
일월이 주는 것이 아니면 받아먹지 않는 돌단풍 깃들고
굽이쳐 흐르는 계곡물 바라보며 하늘의 소리 듣고 있네

제5곡 제일동천第一洞天

산복사꽃 하늘에 서각하며 피어나는 골짝은 숨어 있고
사람들 찾지 못한 동구를 나서는 물에 구름 실려 오네
선인봉 흰 봉우리는 눈부신 빛을 천지에 가득 뿌리고

만장봉 멧부리에 걸린 보랏빛 구름은 꼼짝없이 잡혔네

선계를 흘러오는 계곡물 건너 연단굴에선 향내 풍기고
늙은 나무꾼이 바위에 새긴 시엔 꽃향기 무너져 내리네
한바탕 천둥이 치며 장대비 쏟아지고 물안개 자욱하니
천지간의 형상은 다 사라지고 소리만 골골이 그득하네

제6곡 연단굴鍊丹窟

층층 절벽 만석대 아래로 흐르는 계곡물 별빛 서리고
불쑥 세상의 경계 넘어온 나를 담비가 빤히 쳐다보네
등나무 친친 감아 입구 가린 굴속은 도가의 도인들이
오늘 일을 알아 흔적 말끔히 지웠으나 연단향 남았네

서늘한 냉기 속에 홀로 앉아 있으니 세상의 자취 없고
필동암과 용주담에 떨어지는 옥음이 귀를 쟁쟁 울리네
오늘 내가 여기 선경의 하루를 머물러 나무꾼 되었으니
이 몸이 지게 되어 저 만장의 높은 뫼를 지고 가리라

제7곡 만석대萬石臺

겸손을 쌓고 쌓아 천하에 제일 가는 만석군萬石君 되고
세찬 물살이 치고 흘러도 무너지지 않는 덕망이 되네
공손하고 신실하여 이 나무 저 나무 우러르는 뫼 되고
아무도 범접하지 못하는 깎아지른 벼랑의 이름이 되네

먼저 하심으로 흐르면 뒤따르는 물도 하심으로 흐르고
말에서도 내리고, 수레서도 내려 허리 굽혀 높이 되네
자식의 잘못을 올바르게 뉘우쳐 깨닫도록 곡기를 끊고
대면하지 않은 석분의 가르침이 회자되는 일이 되었네

제8곡 광풍제월光風霽月

오랜 가뭄 끝에 내린 단비로 계곡물은 탕탕 넘쳐흐르고
느티나무 단풍나무 잎마다 청산옥음이 물방울로 맺혔네

불어오는 도봉산 산바람에 나뭇잎들 일제히 팔랑거리고
반짝반짝 빛나는 바위들은 하늘의 뭇별처럼 깊고 맑네

달은 저 스스로 둥글어진 순금의 바퀴로 허공을 오르고
금사의 그물을 하늘 아래 던져 어둠을 샅샅이 포획하네
천옹泉翁의 붓에 들어왔던 만월은 만장봉 자운봉 돌아
눈동자에 들어왔나니 오늘 밤 천중선원이 내 안에 있네

제9곡 무우대舞雩臺

비는 만물의 목숨이요 하늘이 내려주는 크나큰 복덕이고
타들어 가는 농작물 살리는 유일한 목숨의 양식입니다
작년에 이어 올해도 땅 쩍쩍 갈라지고 강물 졸아드는데
아, 천신이시여 산신과 용왕이시여 왜 모른 체하십니까

어찌 이 혹독한 가뭄이 우리의 허물과 죄가 아니오리까
하오나 목숨들이 경각에 처해 있고 천지신명께 달렸으니
더는 지체하지 말고 어서 거대한 비구름을 몰고 오소서

춤과 노래 잃고 갈증만 남은 이 땅 넘치는 비를 주소서

제10곡 고산앙지高山仰止

티끌 없는 산이요 산을 보는 산이고 하늘 듣는 산이다
구름 속에 치솟아 산 너머 산 밖 먼바다 보는 산이다
높은 산 우러르고 가는 물은 한없이 낮은 데로 임하고
하심이 아닌 물은 물이 아니고 그걸 알아 산이 산이다

오르고 또 오르는 산은 산이 아니고 제 몸이고 맘이다
이 맘 저 맘 다 문드러져 이 봉우리 저 봉우리만 남아
이심전심 구름으로 통하는 이 산 저 산 앞산 뒷산이다
산이 산을 보는 산이다 물이 물을 듣는 물이요 산이다

제11곡 복호동천伏虎洞天

청량교 건너 금강암 일주문엔 비천상이 길손을 맞고

큰 바위 떡 버틴 돌계단 올라서면 구봉사가 보이네
층층의 폭포는 굽이굽이 서광폭西光瀑으로 이어지고
무량수전 절 마당 금동약사대불 미소가 꽃으로 피네

단풍처럼 빛 고운 천인천색의 사람들 천목천색이고
화락정 빈터에 남은 각석엔 저녁 햇살이 비쳐드네
너도 눕고 나도 눕고 구름도 눕고 소리도 누웠는데
종소리만 멀리서 산을 타고 산을 넘다 노을이 되네

제12곡 문사동問師洞

스승 찾아 깊이 들어온 곳에 물은 이미 질문 마치고
매끄러운 암반의 폭포 소리로 하늘의 답을 듣고 있네
물음이 지도를 만들며 천 리를 가는 눈 밝은 물 되고
항상 그 자리 돌아보면 거기 있는 큰 산이 스승이네

단청 빛 놀에 물들어 장엄하게 빛나는 도봉의 봉우리
말 없는 묵묵경黙黙經이 푸른 산을 흔들어 물결이네

비갠 후의 밝은 달과 빛나는 바람처럼 투명해진 물은
무진례로 높은 산 향하여 절하고 절하며 산을 떠나네

현호색

밤 가시 수북한 곳
꽃 무더기무더기 피었다

가시방석 자리마다
푸른 꽃이다 붉은 꽃이다

뚝뚝 눈물 떨어진
통점마다 꽃이다 꽃이다

영암사지 靈巖寺址

나는 폐사된 절터
아무도 나의 이름과 내력을 아는 이 없다
거기 그 옛적 화려한 금당과 석탑과 석등이
정렬을 끝낸 어느 성좌와 같이 나란히
빛나던 시절이 있었으나 운석처럼 사라져
영원히 비밀을 지키게 되었나니 더는 묻지 마시라
나는 이미 오래전에 내 입과 혀와 문장마저
모두 땅속 깊이 묻고 말았나니
행여 어느 것도 내게서 단서를 찾지 마시라
다 부서지고 부서져 더는 부서질 것이 없어
정녕 그대가 세상의 길 끝에서
폐사지가 되었을 때 이름도 내력도 없이 오시라
등불을 잃은 석등이 바닥에 자신을 던져
균열된 가슴으로 어떻게 그 많은 밤들을 견뎌왔는지
산산 조각난 와편이 땅속에 묻혀서도
또 어떻게 미소를 잃지 않았는지 알게 되나니
아픔도 슬픔도 아무것도 말하지 말고
하늘이 털썩 무너져 내리는 날
그때 그냥 이 폐사지로 오시라

꽃비 내리듯 눈발 쏟아지듯
무량한 그대의 눈물 빗발치는 그런 날에

3 부

귀때기청봉

봄비

맞아서 안 아픈 건
너밖에 없다

사랑이니까

느닷없이 눈이 되어
변덕을 부려도 너밖에 없다

사랑이니까

산불 횃불 일시에
다 꺼버리는 너밖에 없다

사랑이니까

천둥소리

산이 흔들렸는가

아, 후련하다
후드득후드득 비를 몰아오는 소리

참 좋다

저 위 폭포가 엎어지고
용소는 바닥까지 뒤집어지리라

만물이 맞아서
기쁘게 깨어나는 소리

아 좋다 참 좋다

잠시

이렇게 몸 앉히면
마음 이리 고요한 것을
부산하던 생각들은 소리 없이 사라지고
바위를 지키던 소나무는
일주문 되어
내 안에 아무것도 들이지 않는 것을
바람이 솔솔 등을 어루만지면
제 몸에 달았던 솔방울 풍경도
더는 울지 않는 것을
내 지치고 가여운 영혼이 이리도
힘을 얻는 것을
오, 너 가난한 마음아 마음아
아파하지 마라
네가 곧 산이 될 것을
네 마음이 너를 알고 있느니

청계사계곡 느티나무 집

우담바라 피었던 그 절 아래 계곡
물가에 제 몸 기둥 삼은 느티나무가 집이다
그림자를 만들지 않는 나무그늘이 좋아서
좋아서 버들치 치어들 욜그랑살그랑거린다
발목을 휘감고 흐르는 또랑또랑한 물소리
시 한 편씩 읽어주면 바람이 책장을 넘긴다
새가 오면 새를 보고, 향기 오면 꽃을 본다
순수의 세계로 돌아간 시간은 깃털만큼
가벼워져 백운호수로 흘러가는 흰 구름 된다
가재가 한과로 착각하여 얼른 물고
돌 속으로 들어가 숨는 하루가 저뭇해진다
마음 애만지며 돌아가는 놀이 촉촉하다
느티나무 그 집 나서 돌아보는 호수에
백운산 청계산이 우렷하다, 물속 산 위에 뜬
잔즐거리는 달의 미소가 그대 얼굴이다

귀때기청봉

뾰족 빼죽 들쭉날쭉
부정형의 바위들이 널브러진 너덜지대
어느 한 곳도 발을 딛기가 만만치 않다
잘못 디디면 이내 발목이 꺾이고 바위틈에 끼어
오도 가도 못하는 거칠고 긴 오름길
앞뒤의 시야를 놓치는 순간 길을 벗어난다

무엇일까?
대청봉으로부터 멀리 삼십 리 밖으로 떨어진 곳
세상의 온갖 기이한 바윗돌을 모아다
피라미드를 만들듯 자신의 둘레에 부려 놓은 거친 봉
우리
어느 하나라도 잘못 건드리기라도 하면
한꺼번에 무너져 내릴지도 모를 죽음의 요새
무너진 비탈이 길게 골짜기를 쳤다

'길이란 걸어서 만들어진 것이다'
그 말을 곱씹어 볼수록 보이는 희미한 자국들
나는 아직 한 번도 만나지 못한 나를 만나러

서북주릉을 가다가 고독의 망루인 너의 침묵에 앉는다
신이 자신의 내면 풍경으로 삼았을
진경의 세계를 바라본다
가리봉과 주걱봉, 중청과 대청, 공룡과 용아장성
삼백육십 도 어느 곳을 둘러봐도
말씀의 경전 아닌 풍경이 없다

대승령을 향하여 오르락내리락
즉자卽自 아닌 봉우리가 없다
바위 절벽의 눈향나무에 눈을 주다가
나는 알았다
너는 인간이 내린 임의의 답으로부터
가장 멀리 떨어져 있는 고독과 깊은 침묵
어둠에서 어둠까지 빛에서 빛까지
그 침묵 안에 모든 것이 다 있다

내가 넘어지는 것은 뾰족 빼족 들쭉날쭉
내가 내린 답에 내 발이 걸리기 때문이었다

사패산에서

사방팔방 전망이 가없는 여기는 미래의 망루 사패산
안골 범골 회룡골 원각사와 송추계곡 이쪽저쪽
세상의 길들이 한곳에 모이는 모든 길들의 정점
망루에 서면 장쾌한 전망이 한눈에 보인다
고령산 감악산 불곡산 천보산 수락산 불암산 북한산
하늘과 땅과 사람을 오롯이 담은 늠연한 산들이 보인다
그 산들이 보는 높은 안목의 세상이 보인다
이 세상 마지막까지 희망의 보루가 되는 산을 닮은 사
람들이 보인다
알록달록 고운 꿈을 차려입은 당찬 희망들이 보인다
보아라! 천길만길 벼랑을 딛고 거침없이 달리는 저 도
봉의 준령
청련 백련 황련 보랏빛 자련 칠보의 색깔로
봉우리 봉우리 이제 마―악 꽃봉오리 여는 연꽃과도
같이
아침놀 빛 저녁놀 빛 찬연한 광휘를 뿜으며
대지의 끝으로 달려가는 기운찬 저 역동의 맥박이 들
리지 않는가
지상과 천상의 경계 마루금 그어놓고 아우르며

더도 말고 덜도 말고 풀꽃은 풀꽃같이 나무는 나무같이
바위는 바위같이 제 본디의 성품을 천둥 속에서 잃지
않듯이
사람은 무릇 착하디착하게 사랑하며 사는 것이
천명임을 말하는 하늘의 목소리 들리지 않는가
한 닷새 몰아치는 장대비 속에서도 꽈다당 꽝꽝 벼락
을 때리며
천지를 뒤흔드는 우레 속에서도 끝내 자기를 지키는
저 산들의 고결한 자태가 참으로 미덥고 아름답고 꿋
꿋하지 않은가
보면 볼수록 가슴이 쿵쾅거리고 피가 뜨거워지는 것을
어찌 감추랴
하여 오래 서서 바라보던 그대가 흠모의 정이 쌓여 거
부할 수 없는
인연의 인력에 이끌려 저 천상의 초대에 기꺼이 응하
여 가는
힘찬 모습이 저기 보이나니 오! 아름답도다 거룩하도다
희망차도다 꿈이여 역사여 무궁 무궁한 우리의 미래여

산의 침묵

가장 너른 귀를 가졌다
가장 깊은 귀를 가졌다

물을 때마다
묵묵부답

한 번이라도 들릴 만큼
크게 물은 적 없다

한 번이라도 대답할 만큼
깊게 물은 적 없다

설악산1

나, 이제 왔다
한생 내내
너만 그리워하다가
겨우 왔다
견디고 견디다 더는
못 견뎌 왔다
너랑 살려고
지금 막 왔다

설악산2

너를 만나고 온 날은
내 눈에 수평선이 생긴다

너는 늘 바다처럼 넓다
너는 늘 바다처럼 깊다

너를 만나고 온 날
내 가슴은 언제나 망망대해

도토리와 깍지

진관사 절 마당
한 평 돗자리에 들어가 앉을 때
애기도 신발을 벗더라

이 세상 고운 것들은 맨발로 오더라
꽃의 뒤꿈치를 보아라
이슬의 발을 보아라
다 닳은 신발을 벗은
조약돌의 발꿈치를 보아라

몸과 마음, 안과 밖
그 경계에 놓이는 신발
눈물이 아픈 것은 맨발이기 때문이더라

이별도 사랑도
신발이 없더라

북사면 北斜面

겨울 산을 가보면 안다

가파르게 내리꽂힌 응달의 비탈면
북사면의 눈은 좀처럼 녹지 않고, 두텁게 쌓인다
보는 것처럼 길들은 그쪽으로 나지 않고
있더라도
죽음의 계곡과 같이 곤두박질치고 있다
사람들은 거의가 양지쪽으로 내려가고,
나무들도 북쪽으로는 가지를 잘 뻗지 않는다

겨울 산을 가보면 안다
삶이 북사면이어서 생의 계절이 추운 이들이
삼삼오오 양지바른 곳에 모여 앉는다
모여서 병아리 솜털 같은 몸짓으로
온기를 나누며 떠날 줄을 모른다
그들이 밥을 먹을 때를 보면, 밥이라기보다는
따스한 햇살로 오래도록 도시락에 넣어둔
찬 슬픔을 데워먹고 있다

겨울 산은
슬픔을 데워먹은 자리마다 먼저 해동이 된다
봄은 언제나
그들이 앉았던 곳부터 노랑제비꽃 옹기종기 핀다
꽃들은 항상 추운 북사면을 등대고 있다

겨울 산을 가보면 안다
남쪽의 산도 얼음으로 길 끊어진 그 비탈이 있다
누구에게나 쌓인 눈 좀처럼 녹지 않는,
종일 햇빛이 들지 않는,
봄 더디게 오는 그것이 있다

꽃씨

곰지락곰지락
한 줌 햇살을 쥔
손가락이 고물댄다

고무락고무락
땅을 딛고 일어선
발가락이 꼬무락댄다

땅속에서 꼼지락꼼지락
땅 위에서 꼬무락꼬무락
빼꼼 열리는 우주

별밤

지금 누가 책을 읽고 있는 것이냐
수억만 마리가 일제히 빛을 내뿜는
반딧불이들의 향연

보이지 않느냐
책장을 읽다가 밑줄을 치는 그분의 손이
경전의 문장들이
지금 보이지 않느냐

광막한 어둠을 순식간에 가르며
금빛 밑줄 하나
지상에 닿는 이 한밤

오색딱따구리

나무들의 뼈를 치며
적설의 흰 숲을 울리는 청아한 탁목啄木 소리
서늘한 눈가루 쏟아지고
꽝꽝 언 오봉산의 은빛 골짜기
얼음을 깨는 투명한 울림
스스로 벼랑을 질러
죽음의 단애에 앉아
천 년 동안 말을 버린 오봉의 바위들이
큰 소식 하신
석굴암 노스님의 목탁소리만 같아
귀가 열려 듣는
오색찬란한 저 새의
한겨울 독경

한석산

산은 높고 골은 깊다
물은 차고 꽃은 향기롭다

어디에 이 한 몸 둘까
여기가 여산의 오로봉이다

골짝의 흰 바위 되어
물소리와 솔바람에 묻혀 살리

혹여 그 누가 오거든
호미나 한 자루 주리

그 뜻 안다면 저 찬란한 은하
밤마다 함께 덮고 자리

돈

하늘 얼굴 비치는
아침가리골 투명한 물에

아침 햇살
쟁그랑 쟁그랑 쏟아지는 소리

물고기들 귀가 밝아지고 눈이
환해져 그림자가 없다

물속에서 반짝반짝 빛나는
엽전 같은 돌들 금화 은화다

욕심을 내어 손에 쥐는 순간
돌로 변하는 하늘의 돈

4부

만경대의 하늘

신선골

너덜너덜한 내 지도에는 없는 곳,
사방 삼십 리 안에는 묵을 방이 없단다
허기를 안고 초름한 민가에 든다
개밥바라기 같은 푸른 눈의 삽살개가
이쪽을 한번 쳐다보고는 이내
산 쪽으로 귀를 돌린 채 미동도 없다
엄나무백숙은 더디게 끓고, 산마루로 떠오르는
덕성스런 달 같은 아주머니가
직접 담갔다는 복분자술을 내온다
열목어가 숨어 사는 뼈 시린 계곡물에
탁족을 하던 층층나무와 서어나무가 으스스
몸을 떨며 다리를 오므리는 산골 한여름 밤이 춥다
이제, 움직이는 것이라고는 아무것도 없다
들리는 것이라고는 오지의 물소리뿐이다
마당가의 모정에 침낭을 펴고 눕는다
모처럼 골 깊은 사내들의 가슴에서 발원하여
담과 소를 돌아 흐르는 물처럼 두런대는 이야기
울타리에 올라 달빛을 휘감는 더덕 줄기를 따라
산의 실루엣 너머 달의 이면으로 흘러간다

비몽사몽 물소리마저 혼몽한 적막강산
밤늦게 지도 밖에서 돌아온 바깥양반이
일일이 베개를 받쳐주는 심야,
잠결에 놀란 어리둥절한 산이 기우뚱
다시 옆으로 돌아눕는다

볼케이노*

깊이를 아시겠는가, 가장 깊은 그 안쪽이 들여다보이
시는가?
그렇다면 얘기를 해도 되겠네

고여 있으면서도 끊임없이 살아 움직이는 뜨거운 불이다
꾸르륵 꾸르륵, 보이지 않는 거대한 움직임, 폭발에
대한 징후며 탐색이다
그 내적 유동의 불을 품어 극점에 이른 불덩어리, 보
기만 해도 살을 데고 만다
지금, 저 차가운 강설로 온 산을 덮었으나, 지독한 고
요로 미동도 없으나
마그마를 뿜는 순간 온 산 태워버릴 눈빛이다

너는, 어느 한순간 간단히 죽음의 바닥에 가라앉은 고요
일시에 뒤집어 버리고, 모든 지층을 뚫고 분출할 화산
이다
하루 스물네 시간 연신 뿜어내고도 몇 년이 더 걸릴지
아무도 모를 불이다
지상의 모든 눈이 지켜보는 광경

저 산의 높이를 다시 세울 폭발의 힘이다

누가 저 산에 불을 놓겠는가
이제, 모락모락, 피어오르는 연기가 보이시는가, 보이
시는가?

* 이제 막 화산활동을 시작한 산.

꽃과 꿀벌

사패산 어두니골 입구
수천 자성 등 환하게 켜진
개망초 꽃밭
원각묘심의 금빛 꽃자리에 앉아
일심일념으로
윙윙 앵앵 경문을 외고
다리 가득 꽃가루를 뭉치며
보리를 구하는
벌들의 사마타행
꽃들은 흔들려도
향기뿐이다

초록 봄비

흰 고무신에 밀짚모자
즐겨 쓰시던 아버지처럼
저 위 하느님이
대지에 뿌리는 씨앗
떨어진 자리마다 새싹이 튼다
매화 목련 산수유 핀다
하루가 다르게 푸르게
푸르게 일어서는 보리밭 밀밭
시냇물은 즐겁게 달려가고
하늘 높이 날아가는
종달새 노래

안산 벚꽃

그대가 오신다고
오늘 이 세상 가장 귀한 당신이 오신다고

연신 뺑, 뺑
울리는 예포 소리

귀도 가슴도 먹먹한데
뭉게뭉게 꽃구름 이는

자욱한 포연

비봉

나는 전망이 자유로운 독립된 정신의 봉우리요
붙듦도 없고 붙들림도 없는 홀가분한 바람이며
깊고 고요히 바다로 흘러가는 유장한 강물이다
광활한 반경으로 대원을 그린 세상의 중심에서
한 발짝도 물러난 적 없고 나아간 적도 없으나
존재의 모든 침묵과 소리를 들어서 귀 없이도
시와 비를 듣는 귀이며 맑은 날과 흐린 날에도
빛과 어둠의 형상을 보는 눈 없는 겹눈이로다
나는 여타의 문장으로 들어가는 낱말이 아니요
아무도 그 뜻 바꾸지 못하는 은유요 잠언이다
내가 전하는 이 모든 산울림의 고요 목소리가
천길 벼랑을 딛고 우뚝 선 하늘의 말씀이로다

상투봉산장의 아침

무뚝뚝한 사내를 닮은 검은 무쇠난로는 좀처럼 불 먹은 표시를 내지 않는다. 산판에서 베어진 통나무들이 톱과 도끼를 거치며 단아하게 변모되었으나 조금은 거친 가시가 붙어있는 장작들을 집어넣는다. 이면지로 쓸 수 없는 원고지에 불을 붙이자 문자 속에 숨겨졌던 불꽃들이 재 속의 불씨와 화답하여 잘 마른 나무의 둥근 나이테와 결 고운 무늬들을 태우면서 미려한 불꽃을 일으킨다. 타닥타닥 아침의 고요는 분질러지고, 뽑히지 않던 옹이들도 함께 태워 활활한 불꽃이 된다. 한때는 산을 뽑을 것만 같았던 시절 제 가슴 속에서 일었던 것과 같은 무쇠난로 속의 불꽃을 지켜보는 산사내들 옆에서 처자들이 은행을 굽는다. 노르스름하게 익어가는 산의 기억들을 하나씩 집어 먹는 동안 마당엔 눈발이 쌓이고, 제 몸을 바늘로 찌르며 직립에 대한 고집을 꺾지 않는 침엽수림은 연통을 빠져나오는 연기를 바라보며 하얗게 눈꽃을 피우고 있다.

사내들은 생각한다. 간밤 의기가 투합하여 낙빙 떨어지는 소리 길게 달빛 골짜기를 울리는 빙폭을 오르고,

심야의 산봉우리에 올라 형형한 별세계를 넘봤던 그 대가가 무엇인지. 얼어붙은 산길을 오르내리다 온몸이 얼얼하리만큼 실컷 산에게 얻어터져 절뚝거리면서도 장작이 되어도 나무가 그 결을 간직하듯이 버리지 못하는 그것이 무언지를 생각한다. 산이 아니고는 그나마 절뚝대는 걸음마저도 걷지 못했을, 세상의 허명에 의해 간벌되어 장작이 되기보다 몸소 그 자신이 장작이 되기를 갈망하여 마침내 한 여자의 가슴에서 기꺼이 불꽃이 된 사내들, 그 뜨거운 불꽃으로 어느 시절인가는 어비산魚飛山을 날아다니던 비어를 기르던 여인들이 비릿한 삶의 덕장에서 가져온 북어로 해장국을 끓이고 있다. 국이 끓는 동안 묵묵히 고구마를 굽는 사내들의 시퍼런 용소보다 깊은 눈에 무쇠난로가 비쳐 열목어가 된 눈동자 속에서 동시에 피는 불꽃과 눈꽃 말없이 서로 바라보고 있는 눈내리는 이 산장의 아침.

봉미산에서

산이 산을 감추고
숲이 길을 감추고 나무가 나를 감춘
하! 여기
이렇게 꼭꼭 숨어있는데
어떻게 알았을까?
내비게이션도 길을 놓치고
허당이 되어버리고 마는
이 첩첩산중의 오지
위장 천막 아래 텐트를 치고
텐트 안 껍질 같은 침낭 속에
애벌레처럼 몸 웅크린 채
등 돌리고 꼼짝없이 누워있는
날 용케 알아보고,
한밤중 번개로 온 산을 밝히며
꽈르릉 꽈르릉 숲을 흔들고
밤새 폭우로 나를 두드리며
독대를 청하는
당신, 누구십니까?

무수無愁골

근심도 없고 불안도 없고 두려움도 없다
쫓김도 없고 붙들림도 없고 의심도 없으며 애태우거나
성가신 것도 없다
이정표가 없어도 나무와 바위를 만나
지도를 만들며 바다로 가는 하심에 이른 저 물

아무것도 없다

연인산

당귀를 찾아 나섰다. 계곡을 따라 한참을 오르자 길을 벗어난 곳에서 한 무리가 보인다. 연원을 가진 것들은 이렇게 깊은 곳에 있다, 높은 곳에 있다. 이파리를 뜯다가 문득 손에 잡힌 독초 꼭 당귀처럼 생긴 지리강활이 보인다. 물가 바위 옆에 터를 잡고 맑은 바람 만들어내는 단풍나무 아래 같은 흙을 일구며, 같은 물을 마시며, 같은 계절을 함께 살아 생김새까지 부부처럼 서로 닮아가며 함께 사는 약과 독

독 아닌 약 있는가, 약 아닌 독 있는가? 사랑은 독과 약, 그 사랑 위해 이 깊은 산 속으로 꼭꼭 숨어든 것일까. 세상에 곡절 없는 삶이 있던가. 그러나 모두가 말을 버린 산중생활은 아무도 그 속내를 캐지 않는다. 야영지로 돌아와 당귀차를 끓인다. 뼈에 든 독까지 치유되라며 치명적인 지리강활 실뿌리도 하나 넣는다. 잠시 생각을 고르는 사이 쉬식거리는 버너의 푸른 불꽃에 서로가 약성을 풀어내고 있다. 이윽고, 약과 독, 독과 약 그 오랜 경계를 넘어 가장 깊은 중심으로 서로를 받아들이고 있는 동안,

온 숲에 향내가 오래 번지고 있다

각황사에서

온 산을 덮는
무량한 눈발,
소나무 아래 가만히 앉는다
섬돌 같은 침묵 하나로
모든 곡두를 지우고는
마침내 수만 겹 파랑 다 재운
고요한 마음 바다
한 점 흔적도 없이
녹아드는 무량한 눈발
풍경 속의 청동 물고기가
쇠귀를 열고,
그 소리 가만가만
다 듣고 있다

천왕봉

하나, 둘, 세-엣, 넷?
마음이 통하는 이 또 누가 있더라

줄곧 내린 폭설, 심설을 헤치며 오르다
지쳐 찾아든 치밭목산장, 쉽사리 잠이 오지 않는다

밤새 뒤척이다 유성 몇 개 기억에 떨어뜨리고는,
해오름 시작된 하봉과 중봉을 문대며 올라
무섭도록 시리고 푸른 침묵의 정점에 선다

하나, 둘, 셋, 넷, 다섯, ······
도장골 건너편 큰 산이 산을 품고 있는
산속의 산 산 산, 다 꼽히지 않는다
산이 산을 품지 않고는 산이 되지 못한다

부끄러운 무지가 세운 자만의 높이
그 높이를 버린 마음의 평지에서야
설맹의 눈에도 숨은 뫼들이 뚜렷이 보인다

산이 산을 첩첩 품듯이
사람이 사람을 품고 품어야만
산이 되는 사람, 사람이 산이다

도봉산 가는 날

자운봉 이마를 물들인
아침놀 씻은 물 흘러오네
오색 단풍에 물들어 칠보의 빛깔로
산을 빠져나가는 계곡물
내가 한 그루 나무가 되어 그대를 보듯
가만히 바라만 보고 있어도
마음이 봉숭아물처럼 흠뻑 물드네
좋아서 좋아서 어린아이처럼
그대 환하게 웃으시네
미소도 물들고 아옹다옹 다투며
쌓아온 정도 물들어 지금
활활 타오르는 우리 사랑도 절정이네
앞서다 기다리고, 기다리다
손잡고 오르는 천축사 가는 길
된비알에서 휘청 자빠지려는 나를 또
붙들어줄 그대 있어 마당바위 지나
오늘도 신선대에 오르리
이 세상 다 내려가는 그 날까지
당신 따라 저 도봉에 오르리

산의 마음

산아, 산아 내 목숨의 산아
그냥 거기 산으로 있어라

봉우리와 봉우리 이 골 저 골
거느린 내 그대 산아

그대 사랑에 쿵쾅대는 심장 소리
눈 감아도 들리지 않느냐

높으면 깊고, 낮으면 넓어라
앞산도 없고 뒷산도 없어라

그대 산아 그냥 거기 있어라
산의 산이 되어 산에 있으라

만경대의 하늘

모다기비 발비 작달비
연일 쏟아진 하늘

바람이 서너 차례 지나가고
백 리 밖까지 눈이 열렸다

광막한 어둠 속에서
총 총 총 돋아나는 별들

비우고 비운 가슴에서야
영통하는 만물의 마음

달마산

내 어두운 눈에도
얼핏, 백 불 정도의 형상이 보인다
가만히 바라보면
어느 봉우리이고
부처 아닌 바위가 없다
감춰진 금샘에서
허욕의 미망이 절로 깨지는 산길
바위가 마음이고, 마음이 돌이니
돌이 곧 불이다
진종일 저 석불 사이로
걸어온 하루
돌에도 통증이 흐르는 걸 알았다
미황사에 앉아
아픈 다리를 풀어주자
가끔 돌부처로 돌아앉던 아내
갓 핀 동백꽃이 되어
환하게 웃네, 웃네

덕암사 종소리

나를 치고
멀리 가는 종소리

서쪽 하늘마루 넘다
붉은 놀로 앉아

다시 나를 오래
바라보는 종소리

성찰적 사유와 걸음의 지평이 펼친 산과 사람의 사계, 그 원융과 묘리

이 종 성

고요해야 멀리 보인다. 눈도 멀리 가고, 걸음도 멀리 간다. 관심觀心, 즉 마음이 고요할 때 사물이 보이고, 대상과 세계가 열린다. 분별과 시비, 대립과 반목은 시끄러운 유심이 빚은 결과다.

산은 침묵과 고요다. 그것은 사상적 기틀이며 사유의 토대가 된다. 은사隱士와 명철名哲, 인자仁者가 산을 좋아할 수밖에 없는 까닭이다. 고요는 맑은 물(마음)이다. 맑은 물은 설사 엎질러진다 해도 얼룩이 남지 않는다. 담박한 그 물이 열린 대상과 세계를 비춘다.

인간의 진화, 무한한 세계에의 개안은 순전히 지평에 닿은 그 사유의 걸음 덕분이다. 걸음이 전방위적 길이다. 촘촘한 사유의 걸음은 그물이다. 그 그물로 물을 담을 수도 있다. 어디 그뿐이랴. 활달한 우주적 사유는 날개를 달고 저 먼 별세계로 휘적휘적 날아갈 수도 있다. 이와 같은 걸음의 두 발은 성찰과 사유다. 자신을 밀어

가는 수레다. 압축하면, 걸음은 즉자며 대자다. 걸음은 늘 대상과 세계를 지향하지만 항상 자신을 향한다. 내가 먼저 나 자신에게 이르지 않고 건너갈 수 있는 대상과 세계는 없다. 결국 걸음의 궁극은 나 자신이며, 나의 궁극은 산이다.

1. 제1부 벼랑을 터 삼아 집 지은 소나무 그 정신의 거처

소나무에게는 번다함보다는 고독이 훨씬 낫다. 썰물이 되어야 하늘까지 들리는 그런 고독이 좋다. 단애에 서면 잡다한 생각은 소멸된다. 말을 버리면 혀는 간결해지며 생각이 명징해진다. 귀는 더 깊어지고 백 리 밖까지 열린다.

소나무는 왜 하필 천 길 낭떠러지에 집을 지었는가. 모든 예술가에게 모델이 필요하듯 시인에게도 자신의 내면과 세계를 투영하고 밖으로 그려낼 그 모델이 필요하다. 한 생에 있어서 자기 마음에 드는 모델을 만나기란 여간 어려운 일이 아니다. 모델은 먼저 독특한 개성이 있어야 한다. 다양한 변용의 주체여야 한다. 역으로 빛과 온도에 따라 마음의 색과 가슴의 온도가 달라지며 다채롭게 조화를 만들어내는 객체여야 한다. 그만의 색깔, 그만의 모양, 그만의 분위기로 드러나는 아름다움이 있어야 한다. 그 아름다움이란 단순한 외양의 미모가 아니다. 자연과 문화, 역사와 문학, 시대와 사람을 함께 품어 빛나는 인간학적 및 인문학적 의미가 도드라져야 한다.

북한산을 베이스캠프로 삼은 소나무 그 정신의 세계가 궁금하다. 북한산은 도봉산과 더불어 우리나라 산악인들의 모암인 인수봉과 선인봉이 있다. 천만 서울 시민들은 물론 수많은 사람들이 오르내리는 세계적인 명산이다. 산에 오르면 서울을 환포하며 흐르는 유장한 한강의 모습을 볼 수 있다. 그 강물의 흐름은 과거에서 현재를 아우르며 미래로 흘러 바다에 이른다. 역사의 유적과 선현들의 자취가 곳곳에 새겨져 있어 우리의 정신문화를 새롭게 정립할 수 있는 결정적 단초들을 제공한다.

처음 시골에서 서울로 올라와 마주친 북한산은 내 삶에 일대 지각변동을 일으켰다. 그것은 현존재에 대한 철저한 부정의 출발점이었다. 모든 긍정의 출발은 부정에서부터 시작된다. 부정을 거쳐 이른 긍정만이 새로운 세계를 여는 진정한 긍정이 된다. '산은 산이요, 물은 물이다'라는 진여도 '산은 산이 아니요, 물은 물이 아니다'라는 반反의 과정을 거쳐 새로 얻어진 합合의 정正이다.

고독 하나로 버티며 산만 바라보던
고집불통이 은애하며 사는
사랑을 이 산에서 배웠다
누군가의 마음을 적시는 눈물을 지닌

한 인간임을 이 산 알게 해주었다
아프고 서럽고 서글퍼도
아침의 태양처럼 눈부신 희망이
내게 있다는 걸 이 산이 가르쳐주었다
지리멸렬했던 존재를 산정의 세계로
이 산이 이끌어주었다
여전히 이 산이 집이다, 흙이 되고
바람이 되어도 북한산이 집이다

—「북한산 소나무」 부분

산은 깊이다. 높이는 깊이가 세운 전망이며, 외연은 성찰의 결과다. 나무 한 그루, 풀꽃 한 포기, 거대한 바위 그 어느 것도 자신을 성찰하며 명상에 들지 않는 것은 없다. 고요를 잃고, 시비를 따지며 분별을 내는 순간 산은 존재를 팽개쳐버리고 의미를 뭉개버린다. 그러한 산의 항구적인 특성은 고요에 기인한다. 그렇기에 산은 그 기저에 아무런 갈등의 구조도 갖고 있지 않다. 산이 늘 맑고 고요한 까닭이다. 고요하지 않다면 산은 어떠한 것도 우리에게 보여주지 않으며 어느 것도 발견할 수가 없다. 지구가 탄생한 이래 산은 수억만 년 전부터 아주 오랫동안 제 형상을 갖추기 위해 화산활동이나 융기, 침강 같은 내적인 현상과 풍화작용이나 침식작용 등의 외적인 현상들을 거쳐 오늘과 같은 모습을 갖추게 되었다.

다시 생각해본다. 산이 고요한 것은 바로 그 내·외적인 자기화를 거친 시간이 무한히 길고, 그 과정을 통해서 스스로를 성찰해 왔기 때문이다. 따라서 산은 그 기저에 내린 뿌리가 우리의 상상보다도 훨씬 더 깊은 곳까지 뚫고 내려가 있다. 그 깊이를 가진 고요의 중심에서만 만물은 비로소 고유한 형상으로 그 모습을 드러낸다. 산이 그 원형을 고요로 하지 않는다면 산은 더 이상 변화와 창조로 거듭나지 않는다. 산은 항상 그 자리에 있고, 사계를 반복하지만 한 번도 똑같은 모습을 보여주지 않는다. 이 세상에 변하지 않는 것은 없다. 모든 것은 매 순간 스스로의 변화와 진화를 통해 기존의 것과는 다른 새롭게 창조된 의미를 내포한 기표로 우리의 삶에 상정되어 그 실체를 보여줄 때 영원에 이를 수 있다. 산은 바로 그 스스로의 변화와 창조를 통하여 우리가 찾아내지 못하는 그 영원한 모습들을 시시각각으로 보여주고 있다.

아무도 몰래
와르르
때로는 꽈르르 꽝꽝
벼락을 치며
제 몸의 한쪽을
무너뜨린다
누군가 오른
길의 흔적들을 멀리
벼랑으로

던져버린다

—「절벽」 전문

걸을 수 없다면 인간은 자유로울 수 없다. 산을 걷든, 저잣거리를 걷든 인간에게 있어서 걸음의 궁극은 어느 것에도 매이지 않고, 자유로운 정신의 경지에 들어가는 일이다.

걷는 행위는 자연의 순리를 몸소 체득하는 일이다. 자연을 역행하는 어떠한 인간의 행위도 진리가 될 수 없으며, 자연에서 구하지 않는 어느 것도 자연으로 돌아갈 수가 없다. 산은 바로 대자연을 이루는 핵심이다. '정복', 그것은 끝을 모르는 인간의 오만과 자연에 대한 편견이 낳은 부작용이었으며 그로 하여 오랫동안 인간과 자연 모두에게 깊은 상처를 남겼다. 다행스럽게도 인간은 그러한 과정을 통하여 산과 인간의 내면으로 한 발자국 진보할 수 있었다.

산은 새로운 세계의 전진기지요 출발점이다. 사유하지 않으면 산은 인간을 한 발자국도 받아주지 않는다. 산이 고요한 것은 바로 인간에게 그 사색을 위한 공간을 마련하고 시간을 주기 위함이다. 산이 고요하지 않다면 산에 있는 모든 것들은 피상적으로만 존재하게 된다. 꽃과 나무들을 비롯하여 바위와 산봉우리, 골짜기와 산록 이 모든 것들이 단순한 형상에 그치고 만다. 보이는 것들은 대부분 보이지 않는 곳에서 나와 그 보이지 않는 세계를 상징적으로 보여준다. 그 세계가 기본적으로는 바로 고요 속에 깃든 우리의 사유다. 분명 산은 보이는 세계지만 보이지 않는 다차원적인 세계다. 인간의 내적 세계를 이루고 있는 것은 마음이라거나 정신, 영혼과 사상들이기 때문에 외형적으로는 드러나지 않는다. 그것은 또한 어떤 누구와도 경쟁하는 시합의 대상이 아니다. 자기의 내면으로 들어가는 일이기에 그 자체가 성립될 수 없다. 필요한 것은 오로지 고요의 중심을 향하여 걷는 걸음뿐이다.

우리가 어느 한순간이라도 소란에 빠진다면 인간은 루소가 말한 그 자연인으로서의 본성을 잃고 문명적 물성을 지닌 인성을 드러내게 되어 시끄러움에 휩싸이게 된다. 그 순간 자기의 마음자리를 벗어나 다른 사람을 인식하게 되고 끊임없는 경쟁의 욕망에 휘둘리고 만다. 고요는 사람이 가지고 있는 모든 기관을 대부분 다 갖고 있다. 눈도 있고 귀도 있고 코도 있다. 다만, 한 가지 입이 없다. 말하는 그 순간 고요는 점점 그 깊이를 잃어간다는 것을 그 스스로 알기 때문이다. 그러한 평상심에서 나온 그 고요가 세운 안목이 이정표다.

외발로 서서도
끝까지 버리지 않는다

의심의 여지가 없는

확고한 방향이다

발목이 썩어도
바뀌지 않는 신념

—「이정표」 전문

　누구에게 길을 물을 것인가? 때로는 지도며 나침반도 그 길을 알려주지 못한다. '자력을 잃은 나침반과 오래된 지도를 믿고/ 그만 심설에 갇힌 눈과 어둠의 카오스'(「환상방황環狀彷徨」) 한 발자국도 나아갈 수 없는 상황에 맞닥뜨리기도 한다.

　산은 언제나 자리를 지키며 멀어지지도 않고 먼저 다가오지도 않는다. 한 걸음이라도 가까이 가면 거리는 이내 좁혀진다. 그러나 아무리 가까이 갔다 할지라도 모두 받아주지는 않는다. 형상에 머물고 만다면 결코 산으로 들어간 것이 아니다. 대부분 말이 많은 경우는 형상의 외면에 머물기 때문이며, 그러므로 늘 근처가 시끄럽고 복잡하다. 참으로 아는 자는 말이 없고, 말을 하는 자는 알지 못하게 된다.

　우리는 아직도 산을 우리의 거처로 삼고자 하는 것인가? 인간과 자연에 대한 깊은 성찰로 자기 본성의 깊이를 잰 소로우의 월든 호수는 다름 아닌 산이라고 하는 고요에서 열린 사유의 눈이었다. 우리는 고요 속에서 비로소 자신의 마음을 봄으로써 인생의 사계절을 맞이하고, 그 고요 속에서 인식의 눈이 떠 동트는 새벽에 이를 수 있다. 그런 면에서 존 뮤어의 말은 여전히 유효하다. "태양은 우리의 위쪽이 아닌 안을 비추고, 강물은 우리 곁을 스쳐 가지 않고, 우리를 뚫고 흐르고" 있으며 무너진 비탈에서 얻은 상처를 어루만지며 한층 더 깊어진 고요로 다시 산을 바라보게 한다.

2. 제2부 나를 지나 망루에 도착하여 전망을 세우는 걸음의 세계

산은 오를수록 깊이를 요구한다. 깊이를 잃는 그 순간이 우리가 고요를 벗어나 길을 잃는 순간이 된다. 그 깊이는 바닥이 없다. 이 세계의 극점을 지나 저 멀리 우주에 닿아 있다. 삶의 본질과 우주의 비밀을 알아내고 신과 소통하는 유일한 방법은 그 깊이에 빠져 보는 것밖에는 달리 방도가 없다. 하늘과 땅과 나와 이 세계의 깊이를 재보는 곳, 나(화자)는 여전히 산으로 간다. 자기 깊이 속에서 고요를 피워낸 꽃과 봉우리들 내 마음과 영혼이 거기에 머물지 않으면 나는 어디에도 있을 곳이 없다. 그런데도 여전히 나는 아직도 이 세상에 존재하는 가장 큰 미지다.

산은 고요하면서도 내면적인 열정이 뜨겁다. 오로지 인간만이 그 열정을 잘못 사용하는 탓에 쉬이 늙는다.

그래도 인간은 모른다. 지독한 소란 속에서 모든 고요를 다 잃어버렸기 때문이다.

모든 사랑은 항상 고요 속에서 있을 때 더욱 빛나기 시작한다. 사랑은 빛이며 빛은 사랑을 기원으로 한다. 사랑하는 순간 빛이 생긴다. 그 빛은 인간의 가장 깊은 내면에서 형성되는 것으로 순식간에 자신을 채우는 충만함과 밖으로 인간의 본성을 가장 자연스럽게 드러내는 신의 의지로 작용한다. 신의 의지가 어떻게 나타나는지는 얼굴을 통해 증명된다. 인간의 내면세계가 얼굴을 통해 드러나듯 산 또한 자신의 얼굴을 통해 신의 내면을 드러낸다. 사랑은 존재에 대한 일치감이며 생의 바퀴를 굴리는 원동력이다. 빙하기를 거쳐 온 따뜻한 신의 숨결이다. 우리는 그 숨결로 호흡하고 시간을 사는 것이다.

지금은 눈과 얼음을 둘러
일체의 소란을 문 닫아건 빛나는 성채,
아무도 없는 저 성에 가본 적 있다
수 백길 낭떠러지를 세운 명상의 첨탑에서 세상은 멀리 얼렸고,
망루의 종은 울려 새들은 높이 솟았다

말은 꺼내지 않을수록 들리는 소리가 깊었다
성주는 스스로였으나 누구의 자리도 아니었다
한순간에 모든 것을 맡겨야 하는 저 아슬아슬한 벼랑에서

목숨의 고리에 길을 거는 손들이 은빛으로 반짝였다
—「인수봉」 부분

　다시 산을 본다. 저 깊고도 드넓은 세계 속에서 나의 존재는 무엇인가. 지금 보고 있는 것이 바로 나의 모습이다. 사물의 형상을 통해 드러난 이미지는 곧 그 존재를 새롭게 만든다. 사물은 또한 하나의 이미지로만 존재하는 것이 아니다. 그것이 지시하는 세계를 보여주는 기표이기 때문에 우리가 반드시 읽고 넘어가야 할 텍스트가 배경과 이면에 있다. 문자가 뒷전으로 밀려나고 전면으로 부상한 비디오 문화 속에서 길든 사람은 자연의 신비와 외경심으로 찬찬히 읽어야 할 산이 지닌 그 경전을 읽으려 하지 않는다.

　우리는 이미 맹목적으로 외형의 화려함만을 추구하며 장식문화에 스스로를 길들여온 탓으로 내적 창조와 진화를 동반한 진정한 변화가 아닌, 본성의 변질로 자신만 바쁘고 시끄럽다. 숨 가쁘게 몰아치는 변화 속에서 산의 신비를 보는 눈을 잃었다. 그래도 가만히 보라. 산은, 보면 볼수록 잠언과 잠언이 만나 이룬 위대한 시다. 산은 아주 복잡한 것을 지극히 단순 명료하게, 단순한 것을 다양하고 이채롭게 보여준다. 지금껏 내가 만난 가장 큰 책이며 경전이다. 마땅히 우리가 경계해야 할 것이 있다. 타성이다.

　산은 이따금 다양한 방식으로 인간에게 각성을 요구한

다. 넘어지고 깨지고 잠시 길을 잃고 인생은 늘 그렇게 사소한 것들로 이루어지지만, 그것들을 우리가 어떻게 다루는가가 관건이다. 얼핏 생각하면 아무것도 아닌 것으로 생각되기 쉽지만, 그것은 우리가 삶을 대하는 방법적 태도가 아주 진지하고 신중해야 한다는 것이다. 누가 말했던가? 우리가 삶을 통찰하는 거시적 차원에서의 인생관과 우주관에서 말하는 인식론과는 다르다는 것을 인지해야 한다. 우리가 절대적으로 여기는 태양도 실은 이 거대한 우주에서 하나의 별에 불과하고 태양계 이외도 우주에는 안드로메다, 월풀 등 수많은 은하가 존재한다는 것을 이미 천문학자들이 밝혀낸 사실이다.

    나를 벗어난 저 물
    맑음을 벗어나고
    깊이를 벗어나고
    이미 어둠을 벗어나고 빛도 벗어난 저 물
    (중략)
    언제나 먼저 가야 할 바다를 읽고
    언제나 먼저 그 바다의 해무를 보고
    이미 거적때기를 벗어던진 달덩어리 닦고 닦는 저 물
    다그르르 다그르르, 골짜기를 울리며
    붙듦도 없고 붙들림도 없는 저 물
    저 산의 깊이를 알고
    저 산의 적요를 알고
    불을 벗어난 저 물

물을 벗어난 저 물
나를 벗어난 저 물

—「대원사계곡」부분

위의 시는 위아래가 없다. 거꾸로 읽어도 또 한 편의 시가 된다. 원이 그런 것처럼 시작과 끝은 다른 것이 아니다. 형식을 깨고 내용이 될 때, 그 내용은 또 다른 차원의 프레임이 되어 인간의 내면적 풍경과 의미들을 담을 수 있게 된다. 형식의 자연스러움이 여운을 오래 가게 한다. 우리는 너무나 많은 이유와 변명들에 붙잡혀 산다. 그것들과 결별하지 않고는 우리는 자유로운 물이 될 수 없다. 물은 흘러서 씻고, 씻어서 맑으며, 맑아서 분명하며 제 존재의 그림자를 만들지 않는다. 그러한 물을 닮은 겨울 숲에서 우리는 모든 가식을 벗는 나무들을 보게 된다.

누가 들고나는지 훤히 다 보여주는
눈 깊은 겨울 숲은 어느 때나
명징해서 더없이 좋더라
언제 보아도 능선 너머 푸르게
시야를 열어주는 겨울 숲이 좋더라
하늘까지 서슴없이 내려온 날
가슴 열어 이 한 몸 품어주는
희디흰 숲이 좋더라

—「겨울 숲」부분

우리가 세상을 보는 것은 전적으로 지혜의 눈이 갖고 있는 그 시력에 달려있다. 그러나 나는 눈이 그리 썩 좋지 못하다. 왼쪽의 정과 오른쪽 동의 두 눈이 시력 차이를 보이며 난시의 경향까지 있어 제대로 방향을 가늠하기 어렵다. 그렇기에 바깥을 곁눈질하는 감각의 뿌리들을 끊어버려야 한다. 때때로 나를 목 없는 석불처럼 붙들어 앉히고 내 안의 어둠과 대면하지 않으면 안 된다.

산이 고요한 것은 비어있기 때문이다. 비어있기 때문에 홀로이며, 함께 함이며 어느 한쪽으로 경도되지 않는다. 정靜과 적寂, 그 고요함으로 소란함을 물리친다. 소란함의 물림이 바로 사유의 시작이요 명상의 출발이다. 산의 고요는 곧 내적 수양의 상징이며 깨어있는 정신의 드러냄이다. 산이 높고 깊은 것은 우리 인간이 끊어내지 못하는 집착과 던져버리지 못하는 이기적 욕망이 없기 때문이다.

고요하기 위해서 가끔은 홀로 있을 수 있어야 한다. 홀로 있다는 것은 고요하다는 것이다. 고요할 때는 삿된 마음이나 산발적이고 단편적인 생각들이 물러난다. 문득, 인식의 문이 깨끗하게 열리는 것을 느낄 수가 있다. 그때 우리는 바로 한 걸음 걸을 수 있는 것이다.

티끌 없는 산이요 산을 보는 산이고 하늘 듣는 산이다
구름 속에 치솟아 산 너머 산 밖 먼바다 보는 산이다
높은 산 우러르고 가는 물은 한없이 낮은 데로 임하고

하심이 아닌 물은 물이 아니고 그걸 알아 산이 산이다

오르고 또 오르는 산은 산이 아니고 제 몸이고 맘이다
이 맘 저 맘 다 문드러져 이 봉우리 저 봉우리만 남아
이심전심 구름으로 통하는 이 산 저 산 앞산 뒷산이다
산이 산을 보는 산이다 물이 물을 듣는 물이요 산이다
—「제일동천십이별곡第一洞天十二別曲
제10곡 고산앙지高山仰止」 전문

우리는 삶에 있어서 어느 것도 피해갈 수가 없다. 한
쪽만을 취해서는 다른 한쪽은 그 기능과 존재의 당위성
을 잃게 된다. 우리가 어떤 무엇인가를 갖게 된다는 것
은 그 알맹이가 지닌 껍질까지도 빛이 가진 어둠까지도
모두 받아들인다는 뜻이다. 그것만이 온전한 얻음이다.
우리는 늘 사랑하며 살기를 바라지만 사랑은 때로 존재
를 뿌리째 뽑으려는 거대한 바람을 몰고 온다. 바람 앞
에서 누가 흔들리지 않는가. 바람이 올 때 비로소 모든
것이 드러난다. 흔들리고 부러지고, 뽑히고 악착같이 자
신을 붙드는 모습, 그것이 존재다. 바람이 지나간 후에
야 존재는 비로소 제 모습을 보여준다. 하늘을 향하여
우뚝 솟은 금강송도 제 상처를 어루만질 때 더욱 향기가
난다. 바람이 지나간 산속 새들의 노래가 맑고 샘물이
솟으며 존재하는 모든 것들은 더욱 고요해진다. 바람은
그렇게 모든 깊이를 가늠케 한다. 이 지상에서 가장 큰

침묵, 그 바다의 깊이를 재고 움직이게 하는 것도 바람이다. 바람만이 자유로운 하늘의 길이요 하늘만이 바람을 받아줄 수 있다. 우리는 너무도 작아서, 우리는 너무도 얕아서 그 바람 앞에 쉽게 흔들리고 뿌리를 뽑히고 만다.

3. 제3부 봄비가 기르는 산의 고요와 귀때기청봉 돌귀를 여는 천둥소리

비는 만물의 양식이며, 그중에서도 봄비는 모든 목숨의 시작이다. 맞고 맞아도 아프지 않은 것이 봄비다. 그 봄비가 내 목숨도 기르고 산의 침묵도 기르며, 모든 존재의 어깨를 다독이며 등을 어루만진다. 그것은 어머니의 손길이다.

> 맞아서 안 아픈 건
> 너밖에 없다
>
> 사랑이니까
>
> —「봄비」 부분

나의 이 자리, 나(화자)는 지금 해발 1577m의 고요 속에 앉아 있다. 지형적으로는 설악산의 귀때기청봉이지

만 아무도 따라오지 않는, 더는 어느 길도 나를 내몰지 않는 내 안의 산속에 있다. 누가 예까지 나를 오게 하였는가. 추호도 존재를 의심하지 않고 쏟아 붓는 산정의 은혜로운 햇볕은 나의 깊은 침묵이 되어 골짜기를 푸른 빛으로 메우고 능선을 파도치게 한다.

우리는 가끔 자신의 가장 깊은 곳에서 분수처럼 올라오는 무엇인가에 화들짝 놀랄 때가 있다. 나는 그것이 나의 삶 속에 흐르는 가장 깊은 본성, 사랑이길 원한다. 나 역시 빙하기 속에서 얼어붙은 삶을 사는 것을 바라지 않는다. 나 또한 폐가로 남고 싶지도 않다. 그것은 나의 삶이 패배하는 것을 뜻하기 때문이다. 비록 나를 지탱해 주는 사랑의 본성이 길을 잃고, 상처가 되어 나를 어느 길에서 또 헤매게 할지언정 아플수록 상처는 기억 속에 깊이 새겨진다. 누구도 세워줄 수 없는 생의 이정표가 된다.

이따금 지형도를 들여다보는 것은 바로 그 기억의 나침반이 가리키는 내 삶의 목표점에 대한 가늠이다. 나 역시 지금까지 편협한 외관을 좇아서 살아왔는지도 모른다. 그러한 심적 반성의 내 안 깊은 곳에서 오늘만큼은 내가 진실로 나에게 외치고 싶은 말이 있다. 오래전에 에머슨이 내 귀에 대고 외쳤다. "이제부터 나는 진리의 소유물이다. 앞으로 나는 저 영원의 법이 아닌 다른 율법에는 복종하지 않을 것이다." 나 또한 그 외에는 아무것도 맹세하지 않을 작정이다. 그렇기 위해서라도 그

가 강조하였듯 나는 지금까지의 당신들의 관습에서 이
탈해야 하겠다. 나는 나 자신이 되어야겠다.

"나는 더 이상 당신들을 위해서 나 자신을 길들이는
일을 할 수 없고 당신들을 그렇게 할 수도 없다. 만일 당
신들이 본연의 나를 사랑할 수 있다면, 우리는 그만큼
더 행복해질 것이다." 내가 아직은 너를 가슴으로 만나
고, 내가 언제나 마음을 네게 두는 한 나는 그럴 것이다.
'귀때기청봉' 너는 여전히 나의 독립된 봉우리요 답을 얻
는 산이다.

> 무엇일까?
> 대청봉으로부터 멀리 삼십 리 밖으로 떨어진 곳
> 세상의 온갖 기이한 바윗돌을 모아다
> 피라미드를 만들듯 자신의 둘레에 부려 놓은 거친 봉우리
> 어느 하나라도 잘못 건드리기라도 하면
> 한꺼번에 무너져 내릴지도 모를 죽음의 요새
> 무너진 비탈이 길게 골짜기를 쳤다
>
> (중략)
>
> 내가 넘어지는 것은 뾰족 빼족 들쭉날쭉
> 내가 내린 답에 내 발이 걸리기 때문이었다
> ──「귀때기청봉」부분

우리가 느끼는 마음의 평화, 흔들리지 않는 고요의 등

불은 이분법적 감정의 한 단편적 편견과 집착에서 벗어날 수 있을 때 즉, 자신의 내부에서 발생 되는 바람이 멎을 때 비로소 꺼지지 않는다. 인간의 행복은 자기의 바깥에서 구하는 어느 것으로도 채워지지 않는다. 설령 그러한 것으로 행복을 얻었다 하더라도 그것은 아주 얇은 얼음장 위에 앉아 제 몸을 맡기고 있는 것과 다르지 않다.

우파니샤드의 기도문 중에 "타마소마 지요 티르가마야"(나를 어둠에서 빛으로 이끄소서!)라는 구절이 있다. 여기서의 어둠이란 무엇을 말하는 것인가. 『기타』에 의하면 어둠은 인간의 성질을 이루고 있는 세 가지 구나guna —삿트바, 라자스, 타마스— 중에서 '타마스'를 말하는 것으로 그것은 모든 욕망에 대한 집착을 뜻한다. 집착은 결코 여명이 없는 어둠이다. 눈에 신은 어둠의 신발을 벗을 때 눈은 영원한 빛을 얻을 것이다.

　　이 세상 고운 것들은 맨발로 오더라
　　꽃의 뒤꿈치를 보아라
　　이슬의 발을 보아라
　　다 닳은 신발을 벗은
　　조약돌의 발꿈치를 보아라

　　몸과 마음, 안과 밖
　　그 경계에 놓이는 신발

눈물이 아픈 것은 맨발이기 때문이더라
—「도도리와 깍지」부분

    모든 열정은 생을 지탱하게 하는 에너지가 되지만 삶을 뿌리째 흔드는 바람이 되기도 한다. 외부의 것에만 영향을 받고 존재가 좌우된다면 그것이 무슨 의미가 있겠는가. 자기의 이성이 판단하고 결정을 내린 후에 불어오는 바람에 맞서 흔들리고 꺾이며 상처를 받고, 그 상처를 치유하는 것이 진정한 성장이 아닌가. 자기의 내부에서 만들어지는 욕망들을 우리가 단번에 뿌리째 근절시킬 수는 없는 일이다. 논과 밭에서는 항상 우리에게 필요한 씨앗들만 발아하는 것은 아니다. 뽑아내야 할 잡초가 함께 자라고, 그런 까닭으로 우리의 시력과 근력이 유지된다. 그것이 자연이다. 우리가 욕망이라고 하는 그것들을 어떻게 대하는가의 방식에 따라 우리의 삶이 달라진다는 것을 다시 생각하지 않을 수가 없다.

    욕망의 기인은 소유욕에서 온다. 그 욕구는 끊임없이 애착과 집착의 아귀힘을 키운다. 마침내 어떠한 다른 손에도 끌려가지 않는다. 제 고집의 텃밭을 확장시키며 '마음'이라고 하는 온 들판을 장악한다. 거기서 얻어지는 더 큰 욕망이 급기야 악덕 지주가 되어 참으로 귀하고 선한 검소와 절약과 겸손들을 소작농으로 전락시켜 착취를 일삼는다. 무의식은 의식이 중첩되어 만든 또 하나의 의식이다. 습관적으로 길든 욕망은 종국에 가서 모든 분별력을 잃게 한다. 본디 이성과 지혜라는 이름으로 등재된 자기의 땅이었으나 욕망에게 제 땅을 모두 **빼앗기고** 남의 땅을 부쳐 먹고 힘들게 사는 그 소작농에게서 다시 도조라는 명목으로 세금을 바치게 한다. 그래도 욕망이라는 자기 자신을 알지 못한다.

욕망의 끝은 불 속이다. 그 몸집이 아무리 크다 해도 마침내 연기로 사라지고 만다. 그래도 버리지 않겠는가. 일생을 욕망의 노예가 되어 헛된 중노동에 징집되어 삶을 착취당하려 하는가. 인간의 해방은 집착과 욕망의 탈옥에 있다. 지금 당장 그 감옥에서 탈출하여 아주 멀리 가라.

> 아침 햇살
> 쟁그랑 쟁그랑 쏟아지는 소리
>
> 물고기들 귀가 밝아지고 눈이
> 환해져 그림자가 없다
>
> 물속에서 반짝반짝 빛나는
> 엽전 같은 돌들 금화 은화다
>
> 욕심을 내어 손에 쥐는 순간
> 돌로 변하는 하늘의 돈
>
> ―「돈」부분

물질적 풍요가 채워주지 못하는 인간 삶의 궁극적 완성이 무엇으로 가능한가. 인간이 모피와 비단으로 몸을 감싸고 산해진미로 배를 채워도 채워지지 않는 허기와 공허는 무엇으로 메울 것인가. 우리가 파괴하여 잃어버린 자연성과 문화는 어디에 있는가.

4. 제4부 서정적 순수미가 빛나는 시공간에서 발견하는 하늘과 땅의 노래

모든 지혜 활동을 끝내고 이 우주를 지키는 영원한 진리, 그것은 침묵이다. 침묵은 일찍이 지구상에서 산山이라고 하는 형태로 나타났으며, 산은 그 자체가 미동도 없는 침묵으로 사유와 명상이 핵심을 이루고 있다. 침묵은 인간의 관점에서 보면 의식과 무의식 양자의 세계를 모두 갖고 있다. 소란할 때는 우리가 잠을 잘 때와 같이 멈춰있는 것 같지만, 침묵이 갖는 무의식의 세계는 계속적으로 활동을 하고 있기 때문에 무한사고를 멈추지 않는다. 침묵은 더 깊은 침묵, 더 광대한 침묵으로 들어갈 뿐이다.

침묵하고자 한다면 고독을 배워야 한다. 진정한 고독은 무리를 짓지 않는다. 그 홀로 움직인다. 어디까지나 그의 행동은 독자적으로 이루어진다. 그런 면에서 고독은 호랑이다. 숲과 함께 가장 깊은 곳에 은거하며 모습을 드러내지 않는다. 고독은 감정으로부터 자유로운 호랑이다. 먹이로부터 의지를 빼앗기지 않는다. 나약한 의지만이 자주 발톱을 드러낸다. 침묵은 자기 안의 고독한 울음을 먼저 듣는 각성의 시간을 요구한다. 그것은 곧 정신의 독립을 의미한다. 정신이 독립된 사람은 자연의 질서와 우주의 법칙에 속해있지만 어디에도 예속되지 않는다. 그것이 진정한 자유다.

사패산 어두니골 입구
수천 자성 등 환하게 켜진
개망초 꽃밭
원각묘심의 금빛 꽃자리에 앉아
일심일념으로
윙윙 앵앵 경문을 외고
다리 가득 꽃가루를 뭉치며
보리를 구하는
벌들의 사마타행
꽃들은 흔들려도
향기뿐이다

—「꽃과 꿀벌」전문

깊은 귀가 진리를 듣는다. 침묵 속의 귀는 갱도처럼 깊어서 사유의 광맥 그 고독에 귀를 기울인다. 얕은 말과 떠도는 말들은 결코 침묵의 고막을 울리지 못한다. 침묵은 결코 대타의 말과 행동, 의지에 움직이지 않는다. 침묵은 침묵의 의지대로 움직인다. 나무가 침묵 속에서 변화하고, 그 변화된 침묵이 꽃으로, 열매로, 다시 꽃으로 바뀌는 이 놀라운 변용, 이 변용의 바탕에는 무엇이 있는 것일까? 세상에 변하지 않는 것은 없다. 모든 것이 변하는 그 이치만이 변하지 않는 불역不易의 이치를 깨우친 침묵이 침묵을 지킨다.

그러면 인간은 왜, 그 침묵 속에서 한순간도 견디지 못하고 뛰쳐나오는가? 인간은 모두 다리가 끊어져도 꿈틀대는 세발낙지처럼 그 욕구와 욕망을 버리지 못하는 감각의 생물체이기 때문이다. 냄새 하나로 이미 집중력과 평정을 잃어 흔들리고 마는 존재이다. 그것은 존재 자체가 갖는 본능적 욕구이기도 하지만 그 욕구가 항상 자신을 진화시키는 쪽으로 발달하는 것은 아니다. 욕구에 의한 자신의 사고활동을 어떤 인식의 동선으로 이끌어 가느냐의 문제다.

너는, 어느 한순간 간단히 죽음의 바닥에 가라앉은 고요
일시에 뒤집어 버리고, 모든 지층을 뚫고 분출할 화산이다
하루 스물네 시간 연신 뿜어내고도 몇 년이 더 걸릴지
아무도 모를 불이다
지상의 모든 눈이 지켜보는 광경
저 산의 높이를 다시 세울 폭발의 힘이다

누가 저 산에 불을 놓겠는가

이제, 모락모락, 피어오르는 연기가 보이시는가, 보이시
는가?

　　　　　　　　　　　　　　　　　　　　　—「볼케이노」부분

　산은 우리가 생각하고 있는 것보다 실제적으로는 그렇
게 많이 알려진 것이 없다. 인간이 저마다 옳다고 제시
한 답과 주관으로부터 멀찍이 떨어져 있다. 산이 고요한
이유다. 우리가 산을 찾는 것은 인간 내면의 그 고요를
찾기 위함이다. '산은 우리에게 높이altitude가 아니라 태
도attitude의 문제다.'라는 인식은 여전히 훌륭한 탁견이
다. 인간의 정신에 기록되는 것은 결과가 아니라 방법과
과정에서 창조된 새로운 인식인 것이다.

　우리가 아는 고독의 실체는 외로움이 아니다. 침묵이
말하는 것처럼 인간의 의미를 일깨우는 각성이 본질을
이루고 있다. 침묵은 이미 고독을 지나왔다. 고독으로부
터 도망친 것이 아니라 달려갔고, 마침내 그 극점을 지
나 인간과 자연을 완전히 이해하고 신에 이르렀다. 그렇
기에 침묵은 어떤 것과도 섞이지 않아 순일함이 지켜진
다.

　그렇다고 산이 항상 우리에게 그 의미가 버겁기만 한
것은 아니다. 캐주얼한 차림으로 산책을 하는 그런 기분
좋은 가벼움도 있다. 우리를 한층 더 보드랍게 하며 미
소 짓게 만드는 매력이 넘치기도 한다.

그대가 오신다고
오늘 이 세상 가장 귀한 당신이 오신다고

연신 뻥, 뻥
울리는 예포 소리

귀도 가슴도 먹먹한데
뭉게뭉게 꽃구름 이는

자욱한 포연
— 「안산 벚꽃」 전문

　우리는 때때로 산의 침묵에 귀를 기울일 줄 알아야 한
다. 침묵 속에서 우리는 무엇을 듣는가. 자신의 내면의
소리인가, 이 지상과 우주에서 이미 말의 허상을 알고
혀를 도태시켜버린 것들의 불언不言인가. 아니면, 신의
음성인가? 시끄러운 소리는 인간의 마음을 흩트려 놓는
주파수를 포함하고 있어서 우리의 정서를 산란하게 만
들어 집중력을 떨어뜨린다. 고요란, 침묵의 말을 듣는
가청범위 안에 자신을 정좌시키는 일이다. 이 지구상 어
디에 그런 곳이 남아 있는가. 남극인가, 북극인가, 사막
인가. 다행히도 산은 우리에게 자신을 대면할 공간을 곳
곳에 만들어 놓고 있다. 스스로 사유하고 미소 짓는 맑
은 물가, 하늘 향하여 곧바로 열려 있는 고요한 바위쉼

터, 우뚝 솟은 산정의 봉우리 등을 아직도 충분히 우리
에게 제공하고 있다. 그렇다면 우리는 언제부터 고요를
알고 침묵에 귀를 기울일 수 있을까?

　　이 첩첩산중의 오지
　　위장 천막 아래 텐트를 치고
　　텐트 안 껍질 같은 침낭 속에
　　애벌레처럼 몸 웅크린 채
　　등 돌리고 꼼짝없이 누워있는
　　날 용케 알아보고,
　　한밤중 번개로 온 산을 밝히며
　　꽈르릉 꽈르릉 숲을 흔들고
　　밤새 폭우로 나를 두드리며
　　독대를 청하는
　　당신, 누구십니까?

　　　　　　　　　　　　　　—「봉미산에서」부분

　존재란 걸음이다. 사유와 명상 또한 침묵 속에서 걷는
우리의 정신활동이 만들어낸 걸음이다. 걸음은 순례이
며 명상은 영혼과 세계를 숨 쉬는 일이다. 최대한 가쁘
게 걸어보는 것, 혼신의 힘으로 몸의 임계점까지 가보는
것, 그것은 한 호흡을 뚫는 일이다. 정신의 폐활량을 늘
리는 일이다. 우리는 때로 우리의 몸에게 육체의 폐로만
숨을 쉬는 것이 아니라, 정신의 폐가 역치를 바꾸면서
터질 듯한 숨이 걸음의 차원을 새롭게 바꿔준다는 사실

을 알려줘야 한다.

> 나를 치고
> 멀리 가는 종소리
>
> 서쪽 하늘마루 넘다
> 붉은 놀로 앉아
>
> 다시 나를 오래
> 바라보는 종소리
>
> ─「덕암사 종소리」 전문

　오래, 고요하지 않으면 침묵은 없다. 산은 늘 침묵하지만 언제나 침묵 위로 솟아 있다. 침묵 속에서는 자신의 내부에서 일어나고 있는 온갖 소리들이 들린다. 항상 바깥을 보느라 한 번도 들어보지 못한 침묵이 말하는 내면의 소리들이다. 욕망에 대한 집착과 그 욕망이 끊임없이 만들어내는 행과 불행의 이원성으로부터 사고를 벗어나지 못하고, 어느 한쪽에 치우쳐 있는 한 산이 침묵으로 전하는 어떤 말도 깨닫지 못한다. 그것은 머리로의 해석이 아니라 전신의 신경줄을 흔들고 가는 온몸으로의 지각이다.

　산은 무심이다. 시비와 분별에서 벗어나 있으며, 선과 악의 너머에 있다. 그것을 부정한다면, 지금 그가 한쪽에만 서 있기 때문이다. 자기중심적인 생각이 지극히 객관화되었다는 착각과 함께 범우주적인 진리를 자기 마음대로 해석하여 그릇된 사고를 억지로 정당화시켰기 때문이다. 그는 우렛소리마저도 듣지 못하거나 내리치는 번개조차도 보지 못한다. 인간은 약물로만 중독되거나 환각 상태에 빠지는 것은 아니다. 잘못된, 즉 심각한 오류를 범한 이성과 침묵의 핵심이 없는 답습된 지식과 사고는 우리의 인식을 흐리고 어둡게 하여 줄곧 마야 maya라고 하는 환幻상태를 벗어나지 못하게 한다. 산은, 늘 침묵이 말하고자 하는 '가장 큰 것은 가장 작은 것 속에 들어있다'는 진리를 깨우쳐 주려 한다. 하지만 말을 멈추면 다시 나타나는 침묵에의 금단현상 '불안'으로 인해 이내 소란에 빠져들어 그 말을 듣지 못한다.

지금까지 시인의 양쪽 발인 사유와 성찰의 걸음을 통해 이 산 저 산을 함께 걸어 봤다. 깊은 골짜기, 드높은 전망, 광활한 사유의 지평이 펼친 별들의 만다라, 중중무진 첩첩한 산의 파노라마는 쉽사리 잊히지 않는 명풍경으로 우리의 기억을 오래 보존하며 웅장한 산줄기로 내내 치달을 것이다.

6. 나가는 글

만물은 나를 만나 눈 떠 의미를 바라보며

종소리는 되돌아오지 않아서 멀리 가고
강물은 붙잡히지 않아서 바다에 도착한다.